*Dia de São
Nunca à Tarde*

Roberto Drummond

Dia de São Nunca à Tarde

GERAÇÃO
EDITORIAL

DIA DE SÃO NUNCA À TARDE

Copyright © 2004 by Roberto Drummond
1ª edição – Abril de 2004

Editor & Publisher
Luiz Fernando Emediato

Diretor Editorial
Jiro Takahashi

Capa
Silvana Mattievich

Projeto Gráfico
Alan Maia – *alanmaia@ig.com.br*

Preparação Técnica
Paulo César de Oliveira

Revisão
Rita Cardoso e Márcia Benjamim

**Dados Internacionais de Catalogação (CIP)
(Câmara Brasileira do Livro, SP, Brasil)**

Drummond, Roberto, 1933-2002
  Dia de são nunca à tarde / Roberto Drummond.
São Paulo : Geração Editorial, 2004.

ISBN: 85-7509-105-0

1. Ficção brasileira I. Título.

04-1425   CDD-869.93

Índices para catálogo Sistemático:

1. Ficção : Literatura brasileira   869.93

Todos os direitos reservados
GERAÇÃO DE COMUNICAÇÃO INTEGRADA COMERCIAL LTDA.
Rua Prof. João Arruda, 285 – 05012-000 – São Paulo – SP – Brasil
Tel.: (11) 3872-0984 – Fax: (11) 3871-5777

GERAÇÃO NA INTERNET
www.geracaobooks.com.br
geracao@geracaobooks.com.br

2004
Impresso no Brasil
Printed In Brazil

1

A noite chegou. Trouxe em sua companhia uma lua amarela, comum em agosto: dissolvida na neblina, cria uma atmosfera de irrealidade — é como se tudo que vamos viver no internato do Colégio São Francisco, que, a esta hora, dorme solitário, entre árvores, estivesse sendo sonhado. É aconselhável nos acostumarmos ao cantar do vento no telhado da capela — toda noite, nesta época do ano, ele entoa uma canção; e se lá de trás do refeitório vierem vozes, como num lamento, saibam que são as folhas dos eucaliptos — quando o vento é forte, elas gemem como gente, mas nada há a temer, mesmo porque, aqui, os fantasmas são pacíficos, ainda que mal-humorados. Um deles, estão vendo?, tem a cabeça branca e usa uma velha e gasta batina negra: é o Padre Buta. Depois de morto, coitado, ele tem a ilusão de que está em Roma e vai para o Vaticano, ao encontro do Papa; perdoem o mau italiano que ele usa, mas para um fantasma, até que não compromete, e levem-no a sério, que os fantasmas exigem respeito — e o Padre Buta não é exceção — e não têm nenhum *fairplay*; com toda razão, afinal não existe pior punição do que deixar o mundo dos vivos. Já o fantasma que está debaixo da janela do dormitório menor e carrega um violão — viram bem? — chamava-se, perdão, chama-se José Matusalém; morreu de febre tifóide, que o médico mandado buscar em Conceição do Mato Dentro, a três quilômetros daqui, tratou como gripe; fiquem atentos: ele vai começar sua serenata — para um fantasma sua voz é boa; ouçam-no:

"*Amo-te muito*
como as flores amam
o frio orvalho
que o infinito chora..."

Ele canta pensando em Gabriela, irmã gêmea de Gabriel, sobre os quais não vamos demorar a falar.

Deixemos nossos fantasmas em paz e, já que os vivos dormem, é hora de penetrar nos dois dormitórios do internato — o dormitório maior e o dormitório menor; não pensem, já que falamos em Gabriela, que há meninas e moças no internato — infelizmente, não: só meninos e rapazes; e é prudente não fazer barulho: vamos tirar os sapatos e entrar com pés-de-gato. Escutem a sinfonia da respiração de 299 jovens almas que ocupam os dois dormitórios; alguns sonham em voz alta: repetem nomes de homens e de mulheres, dois dos quais interessam particularmente ao desenrolar dos estranhos fatos que estão à nossa espera: Gabriel e Gabriela.

Continuemos nossa visita aos dois dormitórios; alguns alunos têm sonhos corriqueiros: um deles sorri alto, está sonhando com batatas fritas na casa materna, que aqui, no internato, a alimentação é sempre ruim — também não é para menos, nosso muito amado diretor-geral, Frei Vicente de Licodia, que faz milagres, alimenta-se de flores, no almoço e no jantar; devora rosas, vermelhas e amarelas, como quem come pizzas napolitanas; mas Frei Vicente é considerado santo, e, de qualquer forma, com sua preferência pelas rosas, não fica sabendo o quanto é má a alimentação do internato, sobre a qual pesa uma suspeita: contém nitro, que as tentações aqui no internato são fortes. Bom, não existe sonho mais inocente do que alguém sonhando com batatas fritas. É bom dizer, antes de chegarmos até a cama de Gabriel, no dormitório menor, que o internato do Colégio São Francisco carrega três famas: sua solidão, entre os eucaliptos; sua disciplina férrea, comandada por Frei Tanajura, e a péssima qualidade de sua cozinha. Mas o ensino é bom e o colégio, por obra e graça de Frei Vicente, ganhou a fama de recuperar as almas transviadas.

Dia de São Nunca à Tarde

Vamos até a cama de Gabriel, no dormitório menor: ela está vazia; todos os alunos internos chegaram logo após as férias de julho, para o segundo semestre, mas já estamos na noite do dia 11 de agosto, e Gabriel não deu notícias. Será que não vem? Corre o boato de que Gabriel ficou muito magoado e que, apoiado por sua mãe — da qual prometemos falar na hora certa — não virá mais; o motivo: aproveitando uma viagem de Frei Vicente a Belo Horizonte, Frei Tanajura deu a Gabriel o mais temido castigo no nosso internato: colocou-o debaixo do sino da capela, em companhia dos fantasmas, e, com medo, Gabriel perdeu a voz — ao longo de catorze dias falou por sinais, como os mudos falam. Todos no internato perguntam:

— E se Gabriel não vier?

Frei Vicente, que faz milagres, como foi falado, está sofrendo de insônia, temeroso de que Gabriel não venha.

3

Nós poderíamos ir agora, pé ante pé, aos aposentos de Frei Vicente: a luz está acesa; vem de lá um cheiro de incenso — é uma simpatia que Frei Vicente está fazendo, para que, no correr do dia 12 de agosto, Gabriel volte. Se entrássemos no quarto, iríamos pegar o bom e santo Frei Vicente em flagrante delito: ele está recorrendo à magia negra para Gabriel voltar. Deixemos com vocês uma pergunta:

— Por que Frei Vicente aguarda com tanta expectativa a chegada de Gabriel?

4

O dia não tarda a nascer: nossos fantasmas — os dois mencionados, lembram-se?, e mais uma legião deles — só se recolhem a seus aposentos quando a noite dá os primeiros sinais de que cedeu à madrugada e a aurora anuncia um novo dia; é quando os blocos de edifícios do Colégio São Francisco — os dois dormitórios, acoplados ao refeitório, a capela e, mais afastado, o prédio em forma de um imenso e magro "L", com as salas de aula — mostram suas faces amarelas; é o momento em que o cheiro de eucalipto cede ao cheiro de pão quente e os fantasmas pensam:

— O cheiro do pão quente é o perfume da vida.

5

É bem verdade que nem todos os fantasmas se recolhem com o dia nascendo; nosso seresteiro, por exemplo, insiste em ficar: discute com Frei Tanajura, que o enxota com uma vassoura, e acaba dizendo ao vilão desta narrativa:

— Eu só quero ver Gabriela, Frei Tanajura.

— E quem disse a você que Gabriela virá ao internato hoje?

— Os mortos sabem tudo, Frei Tanajura. Hoje Gabriel vai chegar e, como sempre, Gabriela virá com ele.

— Você jura? — fala Frei Tanajura, e abandona a vassoura.

— Juro — responde o fantasma apaixonado.

— Palavra de fantasma? — insiste Frei Tanajura.

— Palavra de fantasma — responde o apaixonado.

— Então fique por aí, mas não dê na vista.

Frei Tanajura encaminha-se para o pequeno curral junto ao campo de futebol, onde as vacas são ordenhadas.

6

Nosso internato acorda cedo: começa a despertar quando as primeiras siriemas cantam; cresce então, como falamos, um cheiro de pão quente saindo do forno; logo as vacas deixam escapar berros saudosos, doloridos, e seus filhos bezerros respondem. O fantasma de José Matusalém vai assistir à ordenha: era um de seus prazeres quando vivo; às 6 da manhã, Frei Tanajura toca o sino que fica na torre da capela — toca puxando uma corda de bacalhau, e nos dormitórios maior e menor, 300 alunos (perdão, 299, já que Gabriel ainda não chegou) levantam-se apressadamente para ganhar um melhor lugar nas filas para lavar o rosto e escovar os dentes.

Nas filas, os alunos interrogam-se:
— Será que Gabriel chega hoje?

Corre o rumor de que Frei Vicente passou um telegrama urgente dando um ultimátum a Gabriel: que venha hoje, 12 de agosto, ou não venha nunca mais. Deixemos os alunos nas filas: nós os encontraremos daqui a pouco, na capela do internato, antes do café da manhã no refeitório, durante a missa que Frei Vicente celebra em latim.

7

Enquanto aguardamos, é oportuno irmos ao encontro de Frei Tanajura; em todas as histórias, os vilões são condenados sumariamente — mas diante dos acontecimentos que agitam o mundo, é preciso dar até mesmo aos vilões o sagrado direito de defesa —, ainda que os vilões, em geral, nos condenem à morte, com base em suspeitas infundadas. Ali está Frei Tanajura: como faz toda manhã, antes da missa, caminha para lá e para cá no pátio em frente ao refeitório, lendo o missal aberto; observem-no bem: na verdade, chama-se Frei Aristides, mas ganhou o apelido de Frei Tanajura porque, sendo mulato, e usando a batina de frade franciscano, lembra uma tanajura. É alto, magro, cultiva uma barbicha e usa óculos de tartaruga, de lentes grossas.

Observem-no bem: lembra mesmo uma tanajura; está muito inquieto, tira e põe os óculos, enquanto segura o missal e finge que lê: quando tira os óculos, alguma coisa entristece nele — tem os olhos desamparados de um cão vadio, parece estar nos dizendo que não é tão mau como imaginamos, não passa de um pobre filho de uma lavadeira que nunca perdoou a mãe por ter sido tão pobre e o fez conhecer a fome. A inquietação de Frei Tanajura tem a ver com a punição que deu a Gabriel.

— Fui muito severo — pensa Frei Tanajura. — Mas Deus sabe por que agi daquela maneira. Pobre de mim.

Não, Gabriel não merecia ficar de joelhos debaixo do sino da capela, até as 2 da madrugada, em companhia de fantasmas mal-humorados — vai dizendo, no seu monólogo acusatório, Frei Tanajura.

— Por que você o puniu, Tanajura? Por que foi tão severo com Gabriel, Tanajura? Acaso é porque os olhos de Gabriel recordem os olhos dourados da mãe? É isso, Tanajura? Talvez não. Talvez você nunca tenha perdoado o passe de calcanhar que Gabriel deu ao Ruivo para marcar o gol da vitória. Como juiz do *match* você quis marcar *off-side*. Quis trilar o

Dia de São Nunca à Tarde

apito. Mas seria um escândalo, a torcida do time do internato poderia linchá-lo. Mais do que o fato de Gabriel lembrar a mãe, Tanajura, o que inquieta seu pobre coração talvez seja o ciúme doentio que você tem de todos que cercam Gabriel. Principalmente de seus companheiros do famoso Trio Maldito: Tomzé, Gabriel e Ruivo. Quando marca um gol, o Ruivo fecha o punho da mão esquerda e ergue. Você quer puni-lo: subversivo, comunista ateu. Mas você tem que validar o gol. Como juiz. Como frade. O Ruivo quer marcar um gol que alegre a nação. Já Tomzé, quando receber um passe de Gabriel, quer encontrar os versos de uma música que acorde a nação.

Frei Tanajura fecha o missal. É como se ouvisse a voz de um locutor esportivo narrando: — Lá vai Gabriel com a bola, lá vai ele, azul, com conotações esverdeadas, é a cor dos olhos dele, lá vai ele, Gabriel, pelo tapete verde de nossas ilusões.

8

Vejam: Frei Tanajura abre o missal outra vez, mas nada consegue ler. Neste momento, os 300 alunos, perdão, 299, lembrem-se: Gabriel ainda não chegou, estão indo para a capela. As siriemas ainda cantam. As vacas leiteiras já não berram tão saudosas de seus filhos. E o cheiro de pão quente ocupa o internato. E se Gabriel não vier hoje? Frei Tanajura teme a fúria de Frei Vicente. Sim, nós sabemos que Frei Vicente é um santo, mas num momento de fúria, porque Gabriel não chegou, pode, com um simples telegrama, conseguir a transferência de Frei Tanajura para um colégio na selva amazônica, vizinho dos temidos índios Cintas-Largas, que são tidos como antropófagos.

É certo, vai pensando Frei Tanajura, enquanto caminha para a capela, que na segunda noite da punição a Gabriel os alunos internos se rebelaram. Agora, enquanto recorda, um caco de vidro corta a palma do pé de Frei Tanajura. Ele descalça a sandália de franciscano: alegra-se vendo o próprio sangue. No fundo merece que um caco de vidro corte seu pé e aceita tudo como uma penitência para que não tenha que ir para o colégio na Amazônia. Imagina-se sendo devorado num banquete antropofágico e pergunta-se em voz alta:

— Quando você estiver sendo devorado, Frei Tanajura, qual será seu último pensamento?

Apressemos os passos: a missa já vai começar na capela do internato.

9

*A*joelhemos: Frei Vicente está preparado para celebrar a missa em latim; é uma pequena rebeldia contra o Vaticano — já foi denunciado por uma carta anônima, mandada ao Santo Papa, e todas as suspeitas dizem que o autor da missiva foi Frei Tanajura; mas, indiferente a tudo, Frei Vicente celebra a missa em latim. Olhem: lá vem ele, todo paramentado; é um homem pequeno: mede exatamente 1 metro e 52 de altura, mas, a cada ano, quando os 300 alunos, digo, os 299 alunos, voltam ao internato do Colégio São Francisco, ficam com a impressão de que Frei Vicente diminuiu de tamanho. Deve ser o peso do tempo: ele passou dos 75 anos; sua barba é cinza, amarelada de nicotina, junto à boca, e desce abaixo dos joelhos; vem dela um forte odor de tabaco, que denuncia o único vício do santo: o uso do cachimbo; tudo mais é inocente em Frei Vicente, mesmo sua explosiva, napolitana paixão pelo futebol é inocente. Ele é o técnico do Estrela Solitária Futebol Clube, o time do internato, e durante um jogo, pode cometer excessos pouco dignos de um santo.

Mesmo com a proibição de Dom Sigaud, Bispo de Diamantina, a quem está sujeito, Frei Vicente faz milagres, como não vamos demorar a ver; para tanto, já que os olhos têm um ar zombeteiro, utiliza as mãos, que, a um simples toque, pacificam o coração dos loucos, devolve a visão aos cegos, dá perna aos paralíticos; e sua fama é tanta que o Vaticano já recebeu sugestão de canonizá-lo em vida. A língua que Frei Vicente mais ama é o latim, para celebrar as missas e xingar palavrões nos jogos de futebol, quando o juiz rouba contra o Estrela Solitária. No geral, utiliza-se de um português carregado de sotaque: é seu charme; irritado, recorre sempre ao latim, e suas irritações, como veremos daqui a pouco, parecem pouco compatíveis com a condição de santo milagreiro.

Dia de São Nunca à Tarde

Agora Frei Vicente está consagrando a hóstia: quem tiver um pedido a fazer, uma graça a alcançar, que a peça: é o que fazem os 299 alunos e o que em especial faz Frei Tanajura:

— Que, no mais tardar, Senhor — roga Frei Tanajura —, Gabriel chegue depois do almoço.

Mas Frei Tanajura não sabe o que o espera.

10

Frei Tanajura é o primeiro na fila para as comunhões. Reparem: ele sente o cheiro de tabaco nos dedos de Frei Vicente e abre a boca para receber a hóstia; mas alguma coisa estranha acontece: com um ar zombeteiro nos olhos napolitanos, Frei Vicente faz que vai colocar a hóstia na boca de Frei Tanajura e recua a mão; Frei Tanajura avança com a boca tentando alcançar a hóstia e, logo, um cochicho espalha-se entre os 299 alunos, espremidos na capela, em meio à tosse de todas as capelas do mundo: Frei Vicente recusou a comunhão a Frei Tanajura.

Surge uma pergunta em todos os corações:

— O que Frei Tanajura aprontou desta vez, para ser tão severamente punido?

Começam a circular as versões para a estranha e inusitada punição, mas uma ganha consistência: Frei Vicente culpa Frei Tanajura pela ausência de Gabriel e a possibilidade de nunca mais retornar ao internato. Antes que vocês pensem mal de um santo, é hora de explicar por que Frei Vicente aguarda com tanta ansiedade a chegada de Gabriel: é que Gabriel não é apenas a estrela do Estrela Solitária Futebol Clube, não é apenas o astro do famoso Trio Maldito, constituído por Tomzé, ele, Gabriel, e o Ruivo. Sem Gabriel, a aguerrida equipe do Estrela Solitária cai lamentavelmente de produção, Frei Vicente sabe disso, e em setembro começa o triangular para escolher o campeão da Liga Católica; será mesmo um sensacional triangular colocando em confronto as equipes do Estrela Solitária, do Colégio Arnaldo, de Belo Horizonte, e do Colégio Santo Antônio, de São João Del Rey. Frei Vicente quer ganhar o bicampeonato porque quer derrotar o Padre Simala, técnico do Arnaldo, que também faz milagres, e Frei Pedro, um holandês que já foi cantor de tango em Amsterdã e dirige o time do Colégio Santo Antônio.

Frei Vicente, tal como seus rivais, não sabe fazer milagres no futebol. Entremos em seu coração,

Dia de São Nunca à Tarde

agora que a missa acaba: ele está dizendo em latim para si mesmo que, com a bola nos pés, só Gabriel sabe fazer milagres.

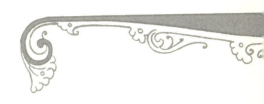

11

*A*caba a missa, mas que ninguém se retire da capela: Frei Vicente tem uma importante comunicação a fazer e encaminha-se para o púlpito; antes, liberta-se dos paramentos, que o sacristão Joselito, com seus trejeitos, incumbe-se de guardar apressadamente, para não perder nenhum lance do que está por acontecer; como Joselito, todos acreditam que a fala de Frei Vicente pode estar relacionada com a comunhão negada a Frei Tanajura. O próprio Frei Tanajura teme que Frei Vicente vá fazer o anúncio de sua transferência para a Amazônia, o que vale dizer: o anúncio de sua condenação à morte nas mãos dos temíveis índios Cintas-Largas. Frei Tanajura invoca o Menino Jesus de Praga, seu santo de fé e ao qual recorre nos momentos difíceis:

— Prometo ficar um ano sem comer sanduíche de presunto, Menino Jesus de Praga: mas salve-me do exílio amazônico, entre índios selvagens e antropófagos.

Frei Vicente, com sua batina de franciscano, dirige-se ao púlpito: sobe as escadas, pisa forte, como acontece quando está irritado, e quando seus passos silenciam e chega lá no alto, seu rosto tão amado, com a imensa barba, não aparece no púlpito; é que alguém, talvez o suave Joselito ou o faz-tudo do internato, conhecido como Joe Louis, tirou do púlpito o banco no qual Frei Vicente sobe, para compensar a pequena estatura; não encontrando o banco, é tomado por uma fúria inédita, põe-se a xingar palavrões em latim e inicia-se um corre-corre, Joselito tromba com Joe Louis, Joe Louis tromba com o cozinheiro Divina Flor, Divina Flor tromba com o fantasma do Padre Buta, que hoje ganhou permissão especial de Frei Vicente para assistir à missa. Eis que o faz-tudo Joe Louis toma Frei Vicente nos braços e o ergue no ar, para que se dirija a todos na capela; vejam a cena: Frei Vicente põe-se a espernear e a gritar em latim e morde com fúria as mãos de Joe Louis, que solta um grito de dor.

É então que Frei Tanajura aparece com o banco, que ele mesmo escondeu, e o leva ao púlpito; cessada a fúria, que é como uma tempestade que fustiga nosso internato, Frei Vicente sobe no banco, em meio ao silêncio entrecortado de tosses. Ele próprio se pergunta: qual o mistério das tosses nas capelas e igrejas do mundo? Seu olhar zombeteiro está tomado de uma santa ira e encontra a figura de Frei Tanajura, que invoca o Menino Jesus de Praga e diz:

— Se nada me acontecer, prometo ficar um ano sem comer azeitonas espanholas.

O Menino Jesus de Praga atende aos seus pedidos: Frei Vicente, vejam, readquire o ar zombeteiro nos olhos napolitanos; procura na capela os companheiros de Gabriel no Trio Maldito e os convoca a se adiantar: Tomzé, que é maestro e toca harpa, e o Ruivo, que é militante político, adepto do Poder Negro norte-americano, apesar de louro e brasileiro. Olhem só: Frei Vicente pede que todos o acompanhem numa Ave Maria em latim, para que Gabriel volte. Com seu sotaque italiano muito carregado, diz, antes de rezar:

— Para que Gabriel volte, passando por cima das ofensas recebidas — e aqui o olhar zombeteiro de Frei Vicente encontra os olhos de cão amedrontado de Frei Tanajura —, volte a nosso convívio, para a alegria de todos nós e, em particular, da imensa legião de torcedores do Estrela Solitária Futebol Clube.

Vamos acompanhar Frei Vicente nesta Ave Maria em latim e nos preparar, porque acontecimentos dignos de registro estão por vir.

12

É tempo, agora, de deixarmos a capela e irmos para o refeitório, onde o cheiro de pão quente é forte; Frei Vicente vai andando em companhia dos companheiros de Gabriel no Trio Maldito, Tomzé e o Ruivo, tendo ao lado um séqüito de fantasmas, um dos quais é José Matusalém; ao vê-lo, Frei Vicente esbraveja, com um mau humor muito cordial, porque sempre gostou do morto enquanto o morto viveu:

— Você está aí, para recordar meu fracasso!

Na verdade, Frei Vicente prepara-se para o grande milagre de sua vida: fazer um morto viver; sua tentativa com José Matusalém fracassou, mas, como veremos em breve, Frei Vicente vai insistir.

— Já falei com vocês, fantasmas — resmunga Frei Vicente olhando para os fantasmas de José Matusalém, Padre Buta e do cozinheiro Ladislau. — Não quero saber de fantasmas tomando o café da manhã junto dos vivos.

O fantasma de José Matusalém adianta-se e pede um aparte:

— Perdão, Frei Vicente, hoje é um dia de festa. Hoje Gabriel vai voltar e eu não quero deixar de ver sua irmã Gabriela.

— Está bem — regozija-se Frei Vicente —, já não está mais aqui quem falou: se Gabriel vai mesmo voltar, os fantasmas não precisam se recolher ao mundo dos mortos. Podem ficar à vontade. Mas ai de você, Matusalém, se Gabriel não voltar!

13

Em todos os corações, o coração dos vivos e o coração dos mortos, existe a mesma interrogação:
— E se Gabriel não voltar?

No telegrama que passou, Frei Vicente ameaçou Gabriel: volte até o dia 12 de agosto ou sua matrícula será cancelada.

Um nervosismo bom, como a brisa de agosto, toma vivos e fantasmas no nosso internato: cresce no refeitório, durante o café da manhã que se seguiu à missa na capela, a certeza de que Gabriel atenderá ao apelo-ultimátum de Frei Vicente; observem: essa certeza mudou até o ar de agosto, sempre enfumaçado por causa das queimadas — sintam no ar a alegria deste dia 12 de agosto. Uma alegria que é festa quando os 299 alunos deixam o refeitório e vão para ao magro prédio amarelo em forma de "L", para assistir às aulas.

Devemos, agora, pular no tempo, prática que vamos adotar mais na frente: estamos já na hora do almoço no refeitório do internato: é tal a certeza de Frei Vicente que Gabriel virá, para a alegria e glória do Estrela Solitária Futebol Clube, que liberou a presença dos fantasmas no refeitório — eles se confraternizam, alegremente, com os vivos; e, tal como os vivos, com José Matusalém à frente, sentem calafrio só de imaginar o momento da chegada de Gabriel; porque a chegada de Gabriel implica também a vinda, ainda que fugaz, da mãe de Gabriel e de sua irmã gêmea Gabriela. Tudo segue um ritual: a mãe de Gabriel, que é linda e loura e perfumada e sexy e elegante como as estrelas de Hollywood, vem dirigindo o conversível branco; junto dela, no banco da frente, estão Gabriel e Gabriela; têm a mesma beleza da mãe: são louros, os olhos azuis; se não fosse a roupa, era impossível distinguir Gabriel de Gabriela; usam o mesmo corte de cabelo — um corte indeciso, sempre na fronteira entre o masculino e o feminino, não é de homem, não é de mulher, o que gera uma confusão enorme em todos no nosso internato, ao ver os dois: o ninfeto e a ninfeta.

Achamos conveniente, agora, alertar a todos para um detalhe: há momentos em que Gabriel quer ser Gabriela e, por sua vez, Gabriela quer ser Gabriel.

— Eu seria mais feliz se fosse mulher como Gabriela? — pergunta-se Gabriel.

— Ser mulher é sofrer — pensava Gabriela. — Gostaria de ser um homem como Gabriel.

Certa noite, numa festa da família no palacete onde vivem, na Cidade Jardim, em Belo Horizonte, junto da mãe viúva (nunca se soube quem assassinou o pai de Gabriel e de Gabriela), os dois inverteram os papéis, para se divertir, e enganaram a todos, enganaram à própria mãe. E ao ser beijado na boca pelo namorado de Gabriela, como se fosse a irmã, Gabriel teve febre de 40 graus; já Gabriela, sentindo na própria língua a língua da namorada de Gabriel, também teve febre de 40 graus e delirou. Chamado às pressas para vê-los, o Dr. Dulcídio, o médico da família, aconselhou à mãe de Gabriela que separasse os dois. Surgiu então a idéia de mandar Gabriel para o nosso internato, pois a fama do Colégio São Francisco era muito boa, por causa do santo e bom Frei Vicente.

Assim, Gabriel veio para nosso internato, para alegria de Frei Vicente, pois na mesma tarde em que chegou foi a grande sensação do treino do Estrela Solitária. Chegou em companhia da mãe, no conversível branco, e, desde então, vendo Gabriel, os alunos do internato vivem uma fantasia: que, por engano ou farra, quem foi embora no conversível branco foi Gabriel, e quem ficou, ah, quem ficou, foi Gabriela, povoando a solidão do nosso internato de suspiros e sonhos.

14

*A*cabado o almoço, a excitação aumenta no nosso internato; fiquem atentos: pelas previsões, o conversível branco da mãe de Gabriel chegará por volta das 2 da tarde; vai buzinar na curva: a buzina é como uma música, porque anuncia Gabriela; e o perfume da mãe de Gabriel e de Gabriela é tão forte, tão bom, que impregnará o ar de nosso internato ao longo de três dias e três noites.

Deixemos os 299 alunos dispersos pelo internato, confraternizando-se com os fantasmas, aguardando a chegada mágica de Gabriel e de Gabriela; vamos até o hall do refeitório, onde, desde as primeiras horas da manhã — perdoem nosso esquecimento de falar a respeito —, formou-se a fila dos que vieram de longe em busca de um milagre de Frei Vicente; cegos, paralíticos, enfermos de doenças imaginárias ou incuráveis, gente que só espera um pouco de carinho, e ainda loucos; hoje chama a atenção a louca nordestina, trazida de longe pela família, veio do agreste de Pernambuco, veio cantando:

> *Olé, mulhé rendera*
> *olá, mulhé rendá*
> *tu me ensina a fazê renda*
> *que eu te ensino a namorá...*

E canta agora, ouçam sua voz rouca e alucinada:

> *Lampião desceu a serra*
> *deu um baile em Cajazeira*
> *pôs as moças donzelas*
> *pra cantar mulhé rendera...*

A louca nordestina tem vestígios da beleza de outrora, denuncia a herança holandesa deixada pelos conterrâneos de Maurício de Nassau: louros e holandeses são seus olhos entre o verde e o azul; louros e holandeses são seus cabelos cor de milho. Mas ela

Dia de São Nunca à Tarde

não sabe que tem olhos e cabelos; na sua loucura põe-se a gritar:

— Devolvam minha cabeça que os macacos cortaram! Eu quero minha cabeça de volta.

Sua loucura, que a fez vir de tão longe, é acreditar que é Maria Bonita e que, depois de morta pelos soldados, teve sua cabeça cortada, da mesma forma que Lampião.

— Eu sou Maria Bonita! — ela grita. — Quero a minha cabeça que os macacos cortaram!

A fila dos que esperam milagre é grande, mas, à exceção da louca, todos sabem: se o conversível branco da mãe de Gabriel chegar buzinando uma canção, Frei Vicente vai interromper a sessão, fica tudo para amanhã. E por falar em Frei Vicente, ele espalhou espiões no alto das árvores, para avisarem quando o conversível branco da mãe de Gabriel atravessar a ponte sobre o Rio Conceição. Ao aproximar-se da fila dos milagres, Frei Vicente carrega no sotaque italiano e saúda:

— Louvado seja nosso Senhor Jesus Cristo.

Todos, à exceção da louca nordestina, respondem:

— Para sempre seja louvado!

O hálito de Frei Vicente, que cheira às rosas que ele almoçou, vai dando em todos uma sensação boa; mesmo a louca nordestina dá mostras de ter se pacificado um pouco, mas insiste em dizer:

— Meu nome é Maria Bonita e os macacos cortaram minha cabeça.

O que pensa Frei Vicente, tão pequenino, com a barba tão longa, enquanto encara os que aguardam um milagre? Prospera na cidade de Conceição do Mato Dentro uma nova e rendosa indústria: a das pensões e hotéis que recebem os romeiros que chegam de todo o país em busca de uma graça de Frei Vicente, que está mais famoso do que o Bom Jesus de Matosinhos; mas Frei Vicente nada cobra: pede apenas orações e penitências. A alguns aconselha ficar um ano alimentando-se de rosas. Hoje, a moça cega vai ter que esperar pelo milagre; o mudo vai ter que esperar para receber sua voz; o paralítico vai ter que esperar; hoje o desafio de Frei Vicente é a louca nordestina.

— Quero minha cabeça de volta! — grita a louca nordestina. — A cabeça é minha e os macacos cortaram!

Frei Vicente aproxima-se dela; não, ele não dirá:

Dia de São Nunca à Tarde

— Você tem cabeça, tem olhos, tem boca, minha filha!

Atenção: Frei Vicente tira um lenço branco do bolso da batina; seu olhar nada tem de zombeteiro: é um olhar que domina, que pacifica, que hipnotiza; a louca nordestina pára de falar, todos estão atentos; e quando Frei Vicente sopra, o lenço branco transforma-se numa cotovia; a cotovia põe-se então a cantar, e seu canto alegra a todos, a louca nordestina sorri; subitamente, Frei Vicente transforma a cotovia na pomba da paz; ele aproxima-se da louca nordestina e diz, carregando no sotaque italiano:

— A paz desta pomba esteja no vosso coração.

— E a minha cabeça que os macacos cortaram, Frei Vicente? — pergunta a louca nordestina.

Frei Vicente nada responde; tem a pomba da paz na mão direita; é então que, a um sinal, todos ficam escravos do olhar de Frei Vicente; mesmo a louca nordestina é escrava de seus olhos napolitanos; a um novo sopro de Frei Vicente, a pomba da paz transforma-se na cabeça da louca nordestina, como era quando jovem: uma cabeça de fulvos cabelos, olhos verdes, como os olhos das moças de Amsterdã; pois a louca nordestina seria assim bela, se não vivesse no agreste pernambucano, se não conhecesse a fome e a miséria.

— Esta é a minha cabeça — diz a louca nordestina, totalmente pacificada. — Era assim que eu era? Eu me chamo Maria de Nassau!

Frei Vicente adianta-se, com a cabeça nas mãos, e a coloca em lugar da cabeça envelhecida e gasta da louca nordestina, em meio aos gritos de milagre, milagre; este, talvez, tenha sido o maior milagre de Frei Vicente; mas é apenas um exercício para um milagre maior: o dia, que não há de demorar, em que vai fazer um morto ressuscitar; é para esse grande dia que Frei Vicente se prepara, por isso a vaidade não ocupa seu coração; ele apenas sorri, enquanto gritos chegam do alto das árvores:

— Gabriel está chegando! Gabriel está chegando!

15

Não percam nenhum detalhe — tudo acontece como num filme de Hollywood: lá vem o conversível branco da mãe de Gabriel; instala-se uma festa nos corações — Frei Vicente lidera a recepção, vejam seu pequeno vulto, de pé no topo da escada que vai dar no dormitório maior; e o conversível branco ali está diante de todos nós: Gabriel e Gabriela acenam, em meio ao perfume francês da mãe, que a brisa carrega por nosso internato. Quando, enfim, o conversível branco pára, é cercado pelos alunos — o faz-tudo Joe Louis protege a mãe de Gabriel: que ninguém ouse aproximar-se de seu corpo louro e hollywoodiano; os alunos avançam para o conversível branco e tomam Gabriel nos braços e gritam:

É hip, é hip, é hip hurra
Aqui, já, bum
Ga-bri-el! Ga-bri-el!

Mas no afã em que tiram Gabriel do conversível encantado, e o carregam em glória — suspeita Frei Tanajura —, houve uma troca: quem os alunos carregam em delírio pelo pátio do colégio não é Gabriel, é sua irmã gêmea Gabriela. Temos o costume de acreditar que os vilões estão sempre enganados, mas os últimos acontecimentos do mundo nos aconselham a mudar a maneira de pensar; é aconselhável, portanto, examinar as suspeitas de Frei Tanajura — na verdade, é impossível distinguir, saber quem é Gabriel, quem é Gabriela: hoje ambos usam uma jardineira jeans e uma blusa vermelha; o corte do cabelo, nem masculino nem feminino, é absolutamente igual. Nada distingue os gêmeos e, quando os alunos jogam Gabriel para o ar e o amparam nos braços, no entusiasmo do hip-hurra, alguma coisa de feminino brilha em seus olhos. Mas não estamos nos deixando levar pelas suspeitas de Frei Tanajura? Se examinarmos Gabriela, de pé no banco do conversível encantado, aplaudindo, veremos em sua boca o encanto de todas as mulheres do mundo.

Dia de São Nunca à Tarde

Assim, tudo pode não passar de suspeita — os alunos levam Gabriel em delírio até onde está Frei Vicente, no topo da escada; piedosamente, Gabriel (ou é Gabriela?) beija a mão que cheira tabaco de Frei Vicente — que é tão apaixonado pelo futebol que chora ao ver seu pequeno herói. Em festa, os alunos carregam Gabriel nos ombros até o campo de futebol, atrás do refeitório, junto aos pés de eucalipto que, à noite, gemem como gente. Observações que não podemos deixar de fazer:

1. O fantasma de José Matusalém está conversando com Gabriela junto ao conversível branco; diálogo entreouvido na hora:
Gabriela (ou será Gabriel?):
— Tem jogo de futebol no outro mundo, Matusalém?
José Matusalém:
— Todo dia, Gabriela. Os mortos não têm que trabalhar.

2. A mãe de Gabriel, que usa um costume areia e tem o cabelo louro preso num coque, ajoelha-se diante de Frei Vicente, segura e beija

suas mãos e deixa nelas seu perfume; depois os dois caminham para a capela: vai ter início a confissão da mãe de Gabriel e de Gabriela, uma confissão que dura, em geral, uma hora, e deixa com todos, a começar por Frei Tanajura, uma pergunta:

— Que pecados tão terríveis a mãe de Gabriel comete para demorar tanto no confessionário com Frei Vicente?

16

Após a confissão — e tendo já o faz-tudo Joe Louis levado as malas e os pertences de Gabriel para o dormitório menor — houve as despedidas e o mágico conversível branco levou Hollywood embora — mas o perfume da mãe de Gabriel ficou no ar, alimentando sonhos; na hora da partida, Frei Tanajura vê suas suspeitas crescerem: surpreendeu um riso cúmplice trocado por Gabriel e Gabriela.

— Já sei de toda a trama — pensa então. — Eu e o Menino Jesus de Praga tudo sabemos.

Frei Tanajura está certo?

Não vamos demorar a saber.

17

Estamos no dia seguinte à chegada de Gabriel: é aconselhável agora seguir todos os passos de Frei Tanajura — ele está convencido de que houve mesmo a troca, é Gabriela que ficou no internato, agindo como se fosse o irmão gêmeo Gabriel. Em seu "Diário", Frei Tanajura escreve:

Uma terrível farsa inicia seu curso entre os pobres filhos de Deus. Que tramam os dois farsantes? Apenas um divertimento? Ou alguma coisa sinistra?

18

São 4 horas da tarde: vai começar o primeiro treino do Estrela Solitária e é grande a expectativa para ver em ação o famoso Trio Maldito: Tomzé, Gabriel e Ruivo; mas preparem-se para uma decepção, quando já ocupamos as arquibancadas de madeira do campo de futebol; sabemos que Gabriel vai ser poupado, por causa do cansaço da viagem. Observem o sorriso de Frei Tanajura: é um sorriso de quem sabe tudo; e todos vaiam, então Frei Vicente vai ao microfone do serviço de alto-falante, onde Charles Trenet está cantando *La Mer*, a música preferida de Gabriel; carregando no sotaque italiano, tenta aplacar nossa ira:

— Quero comunicar a todos que poupei Gabriel porque ele ainda não se recuperou do cansaço da viagem e está convalescendo de uma forte gripe.

As vaias abafam a voz de Frei Vicente. Irritado, o que não combina bem com um santo, ameaça pelo microfone:

— Excomungo quem vaiar! Gabriel está sem condições físicas de treinar!

19

Anoitece: não vamos nos esquecer que hoje é sexta-feira e toda noite de sexta-feira há um baile no internato; o faz-tudo Joe Louis, o sacristão Joselito e alguns voluntários retiram as mesas e cadeiras do refeitório; por volta de 8 da noite, o conjunto musical "San Francisco Serenaders", formado por cinco alunos do internato, esquenta os instrumentos; infelizmente não haverá moças presentes: os alunos dançam com os próprios alunos, homens com homens, e é por isso que o baile das sextas-feiras é chamado de "quebra-joelhos".

Nosso "quebra-joelhos" já vai começar; há no ar que respiramos o perfume que a mãe de Gabriel deixou, um perfume que convida à loucura e tanta inquietação provoca em Frei Tanajura; na última noite, ele não sonhou com ela — teve, sim, um pesadelo, e seus gritos, vindos do quarto que faz fronteira com o dormitório maior, acordaram a todos e levaram o faz-tudo Joe Louis a correr para ver o que estava acontecendo: encontrou Frei Tanajura de ceroulas, a luz acesa, o rosto molhado de suor; Frei Tanajura teve imensa alegria em vê-lo: era sinal de que estava vivo, não tinha sido devorado pelos índios Cintas-Largas, era apenas um pesadelo.

Como íamos dizendo, nosso "quebra-joelhos" já vai começar: o "San Francisco Serenaders" abre o baile tocando *La Mer*, que é o hino de Gabriel. Frei Tanajura fica de pé, junto à porta do refeitório; a qualquer excesso dos dançarinos, ele trila seu apito de juiz de futebol: é um aviso para quem estiver dançando de rosto colado, apertando-se uns contra os outros. Quando o baile começa, o próprio maestro do "San Francisco Serenaders", que não é outro senão seu companheiro do Trio Maldito, Tomzé, tira Gabriel para dançar; e ele, que na véspera foi poupado do treino por estar cansado, sai dançando. Enquanto os dois dançam *La Mer*, Frei Tanajura des-

Dia de São Nunca à Tarde

cobre trejeitos femininos em Gabriel, reforçando a suspeita de que houve uma troca entre os gêmeos; mais de uma vez, vendo Tomzé puxar Gabriel para junto de si, Frei Tanajura esteve para trilar seu apito; mas quando ia fazê-lo, o "San Francisco Serenaders" começou a tocar o bolero *Olhos Verdes*, e o Ruivo aproxima-se, toca de leve no ombro de Tomzé, como a dizer que queria dançar com Gabriel; a primeira reação de Tomzé é quase brusca: ele não pára de dançar, finge que não vê nada, mas o Ruivo insiste; ao longo da noite, enquanto durou o "quebra-joelhos" a situação iria se repetir, e Gabriel não parou de dançar; assim foi até as 11 da noite, quando Frei Tanajura trila o apito e encerra o "quebra-joelhos"; neste fim de noite, se espionarmos Frei Tanajura, veremos que ele escreve em seu "Diário":

Alguma coisa diabólica está para acontecer...

20

Daqui para a frente, os acontecimentos vão se atropelar; comecemos por esta segunda-feira, a primeira depois que Gabriel chegou: é um dia 15 de agosto: exatamente daqui a um mês o Estrela Solitária receberá a visita da briosa e aguerrida equipe do Colégio Arnaldo de Belo Horizonte, para a primeira partida do triangular que escolherá o campeão dos colégios católicos de Minas Gerais; o técnico da equipe do Arnaldo, no dizer de Frei Vicente, é um bruxo do futebol: já falamos nele, chama-se Padre Simala e é alemão; hoje às 3 da tarde, vamos assistir ao primeiro treino de Gabriel. Lá está ele, de calção e chuteiras, diante de nossos olhos, e, em particular, diante dos olhos de Frei Tanajura. O corpo frágil de Gabriel é o mesmo — as mesmas pernas — ah, as pernas! Têm uma cor dourada. Frei Vicente está visivelmente em estado de graça, como gosta de dizer — e Frei Tanajura trila o apito, o treino começa: balão de couro com Ruivo, descamba para a direita e enfia para Gabriel, Gabriel faz que vai mas não vai, abre as pernas, as douradas pernas, e deixa para Tomzé emendar da esquerda, mas o goleiro Charlinho voa e agarra; é a volta do Trio Maldito no esplendor de sua forma: as suspeitas de Frei Tanajura não têm sentido. Frei Vicente vibra. É então que Tomzé estica para o Ruivo e o Ruivo põe Gabriel cara a cara com o goleiro: Gabriel atropela a bola, chuta, e o chute sai torto, chocho, inexplicável, misterioso.

Não percam o próximo lance: Gabriel recebe livre novamente, e agora, vai se reabilitar?, ele pode chutar de esquerda, que é bom dos dois pés, fica indeciso e vem um adversário e rouba o balão de couro; esta cena levou Frei Tanajura a escrever em seu "Diário":

Não, aquele não é Gabriel: é outra forma de demônio, é sua irmã Gabriela. Nas próximas horas, vou desmascarar a trama.

21

Se daqui para a frente observarmos bem, veremos que os hábitos de Gabriel ganharam uma certa estranheza; agora ele deixa a cama quando a primeira siriema canta e vai para as margens do Rio Conceição, mesmo estando escuro — tendo o cuidado de não se deixar seguir pelos fantasmas, principalmente pelo mais apaixonado e impertinente deles, José Matusalém. Mas se os fantasmas não o seguem, um sherloque e dois rapazes roídos pela incerteza o vigiam: o sherloque é Frei Tanajura, os dois rapazes são Tomzé e o Ruivo, com ar de mal dormidos, que a insônia os persegue e provocando uma queda no rendimento dos dois nos treinos, desesperando Frei Vicente. Se conversarmos com seus travesseiros ficaremos sabendo que a causa da insônia de Tomzé e do Ruivo é a mesma: Gabriel ou Gabriela, ou mais precisamente a maneira com que Gabriel agora os olha, o novo costume de Gabriel de os tocar com a mão, uma mão que parece não ter ossos, que é só carícia, só loucura; e ainda a circunstância da língua de Gabriel de procurar as regiões secas dos lábios — e um rir por qualquer coisa, uma festa por nada.

Enquanto vão seguindo Gabriel, eis os sentimentos de nossos personagens: Frei Tanajura espera confirmar sua suspeita: que houve uma troca, que Gabriel se foi e Gabriela ficou em seu lugar; Tomzé e Ruivo também querem que seja Gabriela que ficou no internato, para acabar com a insônia, com o terrível mal-estar de cada um por estarem amando um homem: Gabriel. E se for Gabriela? O que Tomzé e Ruivo farão? E Frei Tanajura, vai se calar para sempre ou denunciar a troca a Frei Vicente, na esperança de evitar seu exílio entre os temíveis índios Cintas-Largas, que são antropófagos, como foi dito?

Vamos nos apressar, antes que os fatos aconteçam e sejamos os últimos a saber: o dia ganha uma tonalidade cinza, a segunda siriema canta, e, nas margens do rio, podemos ver uma sombra loura e nua: é a sombra loura e nua de Gabriel ou de Gabriela; e a sombra loura mergulha no rio, depois nada, deixa à mostra apenas a cabeleira loura e quando a terceira siriema canta, sai do rio, ensaboa o corpo louro e novamente mergulha na água. A quarta siriema canta: o dia clareia, e quando a sombra do corpo nu e louro deixa a água do rio e se envolve às pressas numa toalha amarela, felpuda, Frei Tanajura sente o coração disparar — o que vê é inesquecível. Conseguirá contar a verdade a Frei Vicente? Já Tomzé e o Ruivo são tomados, além do alívio, por uma vontade extrema de cantar: quem está ali, diante dos olhos deles, é Gabriela, confirma-se a suspeita da troca — e agora: o que será deles? A canção que Tomzé tanto procurava começa a nascer: inspira-se no corpo nu de uma ninfeta, mas é bem possível que fale na esperança dos homens; já o Ruivo sente que, por nada deste mundo, ficará sem Gabriela e decide em voz baixa, como quem reza:

— Se preciso for eu morro, mas não perco Gabriela.

Gabriela veste a roupa que, na verdade, pertence a seu irmão Gabriel e volta ao internato. Frei

Tanajura, Tomzé e o Ruivo ficam vendo o rio correr, aquele rio que já não é o mesmo, porque em suas águas mergulhou o corpo nu e louro de Gabriela.

22

Engana-se quem pensar que Frei Tanajura vai denunciar a presença de Gabriela no internato; é certo que os pesadelos com os índios Cintas-Largas agitam suas noites — mal fecha os olhos, tentando esquecer o corpo nu e louro de Gabriela, a visão de seus seios, e é transformado no banquete dos Cintas-Largas; acorda aos gritos e escreve no "Diário" — são sintomáticas estas anotações, que devemos ter a indiscrição de ler:

Se a penitência que me cabe pela bem-aventurada emoção de ver Gabriela nua é servir como manjar dos deuses dos Cintas-Largas, seja feita a vontade divina: que eu, pecador, seja urgentemente devorado.

A insônia de Tomzé e do Ruivo tem outra razão de ser e a performance do Trio Maldito nos treinos é uma caricatura dos dias de glória: Gabriel tropeça na bola, Tomzé e o Ruivo já não são os irmãos siameses em campo — tal como Frei Tanajura, esperam o dia nascer para ver a sombra loura e nua de Gabriela nas margens do rio.

23

Sobre os santos, somos levados a pensar que não são deste mundo, que ficam desatentos ao desenrolar dos acontecimentos; é um engano — Frei Vicente tem a sensação de que alguma coisa está acontecendo e ele é o último a saber; o Trio Maldito foge do confessionário: a que atribuir o fato de que Tomzé, Gabriel e o Ruivo estão irreconhecíveis em campo?

Frei Vicente convoca Frei Tanajura para uma conversa a portas fechadas. É de noite. Se nos escondermos atrás das cortinas (e é o que vamos fazer) poderemos ouvir Frei Vicente falar:

— Frei Tanajura, quero, careço, preciso de seus bons ofícios de sherloque: preciso saber o que está se passando com o Trio Maldito.

É hora de negociar — pensa Frei Tanajura, e responde:

— Mas se eu ajudar Frei Vicente, neste transe, posso ficar tranqüilo que não irei para o colégio na Amazônia, vizinho dos Cintas-Largas?

— Pode.

— Palavra de um santo da Igreja Católica Apostólica Romana, Frei Vicente?

— Palavra de santo.

24

Vamos esquecer Gabriel e Gabriela, esquecer Tomzé, esquecer o Ruivo e mesmo esquecer Frei Tanajura; nesta quarta-feira, depois do almoço, vale ver o que está acontecendo na fila dos milagres: hoje, Frei Vicente não se contenta em curar os loucos, dar olhos aos cegos e pernas aos paralíticos; hoje Frei Vicente faz o mais difícil exercício de sua santidade: alguém trouxe um pássaro morto, até ontem era pássaro cantador e, agora, está morto; a um simples sopro de Frei Vicente, o milagre se opera: o coração do pássaro volta a bater, e ele fica de pé na palma da mão de Frei Vicente e canta, a canção mais linda: a de um pássaro, que conheceu a treva da morte e retorna à alegria da vida; todos gritam: milagre! E Frei Vicente fica sonhando com o dia em que vai fazer com os homens o que fez com o pássaro: trazê-los de volta à vida. O pássaro canta, mas morre outra vez: Frei Vicente já não consegue fazê-lo viver, mas seguirá tentando, que a santidade também é um exercício.

Para descansar de tantas energias gastas, Frei Vicente retorna à paixão do futebol: faltam 20 dias para a partida contra o time do Colégio Arnaldo, do Padre Simala, e o Trio Maldito continua irreconhecível. Então Frei Vicente convoca Frei Tanajura: está tomando uma gemada, para recuperar as energias gastas, quando Frei Tanajura entra em sua sala e diz:

— Tenho grandes novidades, Frei Vicente.

25

Nosso internato agora está cheio de boatos: que o Ruivo desafiou o Tomzé para um duelo, um duelo à antiga, com espada. Vão disputar o amor de Gabriel.

Ouçamos, no entanto, o que Frei Tanajura tem a dizer a Frei Vicente, que toma a gemada:

— Estamos diante de um triângulo amoroso, Frei Vicente.

— Um triângulo amoroso homossexual? — espanta-se Frei Vicente. — Era só o que me faltava.

— Mas não é um triângulo homossexual, Frei Vicente — diz Frei Tanajura.

— Como não é, Frei Tanajura?

— Houve uma troca diabólica, Frei Vicente;

quem está no internato não é Gabriel, é sua irmã Gabriela.

Frei Vicente duvida, então Frei Tanajura mostra a carta que chegou de Belo Horizonte para Gabriel Emerick Paranhos, mas que na verdade era para Gabriela. Ele a leu em voz alta:

> *Gabriela:*
> *Cansei da experiência. Prefiro voltar a ser homem. Dia 7 de setembro, quando você vier, tudo volta a ser como antes: você, mulher, eu, homem. Estou morto de saudades do colégio e de jogar futebol.*

A resposta de Gabriela, que Frei Tanajura tinha nas mãos, dizia:

> *Gabriel:*
> *Agora que a brincadeira está divertida, você quer desmanchar nosso trato? Estou apaixonada pelo Ruivo e por Tomzé, não sei a qual dos dois eu amo mais e não vou voltar a Belo Horizonte no dia 7 de setembro, nem dia nenhum, mesmo porque acontecimentos emocionantes estão para acontecer.*

Dia de São Nunca à Tarde

Frei Vicente nunca viu nada igual, e diz:

— Agora temos que evitar um escândalo, Frei Tanajura.

E expõe seu plano: na véspera do 7 de setembro, ele, Frei Vicente, entrará na kombi do colégio, dirigida pelo faz-tudo Joe Louis, e, sem que ninguém suspeite, vai à casa de Gabriel buscá-lo. Era a garantia de gols contra o time do Colégio Arnaldo, do Padre Simala. Ah, por que o Padre Simala o irritava tanto? Será que não gosta dos alemães? Por que uma derrota para o time do Colégio Santo Antônio, dirigido pelo holandês Frei Pedro, não o amargurava tanto?

26

Estamos no dia 7 de setembro: no desfile, hoje de manhã, pelas ruas que sobem e descem em Conceição do Mato Dentro, Frei Vicente não saiu na frente dos alunos: quem o substitui e marcha como um recruta é Frei Tanajura. A qualquer hora, Frei Vicente chegará de Belo Horizonte com Gabriel: farão a troca dos gêmeos sem levantar suspeitas. Frei Tanajura consulta o relógio: a esta hora, 11 da manhã, Frei Vicente já devia estar chegando de Belo Horizonte.

É bom ficarmos atentos: o desfile acaba, os alunos do internato voltam ao internato, mas Frei Tanajura decide esperar Frei Vicente em Conceição do Mato Dentro. É seu grande pecado, há de custar, mais tarde, seu exílio na região dos índios Cintas-Largas.

27

Alguns imprevistos retardaram a chegada de Frei Vicente ao internato; ele chegou, trazendo Gabriel, quando o duelo com espadas, pelo amor de Gabriela, entre Tomzé e Ruivo já havia começado no pátio diante do refeitório de nosso internato; Gabriela bate palmas, incentiva os dois, os alunos pensam que é apenas uma brincadeira e também aplaudem; em volta de Tomzé e do Ruivo, com suas espadas, os grupos dividem-se: uns torcem pelo Ruivo, outros por Tomzé — e é então que acontece: Tomzé fere o ombro do Ruivo, todos se assustam com o sangue; na hora, no alto de um pé de eucalipto, o sacristão Joselito vê o conversível branco da mãe de Gabriel chegando; o Ruivo ergue-se sangrando e avança com a espada sobre Tomzé; Tomzé desvencilha-se, mas escorrega numa pedra e cai — então o Ruivo avança; avança e enfia a espada no peito de Tomzé, que fica de pé e diz:

— Você me matou, Ruivo! Agora Gabriela é sua!

É então que o conversível branco chega, seguido pela kombi: é dirigido pela mãe de Gabriel e traz Gabriel e Frei Vicente; Frei Vicente desce do conversível e aproxima-se de Tomzé, que está caído no chão e morto; inicia o ritual de ressuscitar que já usou com o pássaro. Toca a cabeça de Tomzé, depois sopra o peito ferido. O corpo de Tomzé estremece, Frei Vicente diz palavras ininteligíveis e Tomzé fica de pé; fica de pé e encara a todos, encara Gabriela, que só agora, no meio do zunzum, todos sabem que é Gabriela; Tomzé começa a cantar: é uma canção de unir os homens, de dar fé e esperança aos homens, diante dos últimos acontecimentos do mundo — fé aos humilhados, aos ofendidos, que eles continuam a existir na face da terra; a canção diz:

Foi só um sonho que morreu
outros sonhos serão sonhados.

Dia de São Nunca à Tarde

Todos começam a cantar; convém que cantemos também, e apertemos as mãos uns dos outros; convém não pararmos de cantar, porque diante dos últimos acontecimentos do mundo, convém ter esperança, qualquer esperança serve: cantemos.

*Esta obra foi composta pela **Q22**,*
usando a fonte Perpetua, 13/17.3
e impressa em papel Pólen Bold
da Cia. Suzano de Papel para
*a **Geração Editorial**.*